AF349619

Le Discours sur

l'espouuentable, horrible, & merueilleux tremblement de terre
aduenu en la ville de Ferrare.

PLVS,

LA COPIE D'VNE LETTRE
contenant les noms de plusieurs lieux de
renom, & rues veüez en ruynes, de-
puis le xvj de Nouembre, iusques au
xxviij ensuyuant. M.D.LXX.

A PARIS,
De l'Imprimerie de Guillaume de
Nyuerd, Imprimeur ordinaire du
Roy, en langue Françoise.
Auec priuilege dudict Seigneur.

L'ESPOUUENTABLE ET

merueilleux tremblement de terre aduenu à Ferrare, Auec l'inondation du
Pau audict lieu, Et vn recit des mi-
seres & calamitez qui y sont suruenuës

I LE monde n'a
suffisans tesmoigna-
ges, & preuues ma-
nifestes de l'ire &
indignatió de Dieu,
si ne se cótente des
exemples que nous voyons tous les
iours, pour apprendre à se chastier &
à se recognoistre, si ne voit assez de
iugemens pour l'induire à repentance, bref si n'a les yeux bouchez, &

A ij

l'entendement fermé, qu'il feuillete
& life cefte hiftoire, qu'il la confide-
re & contemple, qu'il n'y paffe riē de
leger:& il y verra chofes fi horribles
& efpouuētables, qu'il fera contraint
de confeffer, (ou il aura l'efprit entie-
rement hebeté) que c'eft de Dieu que
vient cecy. Il n'eft queftiō de cercher
icy aucūn fubterfuge,ia ne faut ame-
ner les raifons naturelles: le lieu eft fi
euidēt,qu'il eft mefme clair aux aueu
gles.Ie fçay que les Phyficiens s'op-
poferont de prime face à mon dire,
pour eftre aduenu iadis fouuent cho
fes femblables:pour auoir veu de vil
les par trēblemēt de terre abyfmées,
renuerfées & fort esbranlées:pour a-
uoir leu certaines raifons de tels éue-
nemens:fi fuis-ie affeuré qu'ils ferōt
enfin cōtraints de m'accorder qu'il y
a icy quelqu'autre refpect,& que tou
te la raifon naturelle y eft confufe.A
Ferrare

Ferrare doncques, ville fort celebre
en Italie, le Ieudy seizeiéme de Nouembre l'an 1570, sur les trois heures apres la minuiet, fut ouy vn fort
horrible tremblement de terre & es-
froyable, qui continua auec telle ve-
hemence & bruit par plusieurs fois
iusques au soir du Vendredy ensuyuant, que toute la ville par dessous
les fondemens en fut esbranlée, com
me si on eust tiré sous terre force ca-
nonades. Les naturalistes, & ceux qui
attribuent tout à nature, m'ameneröt
peut estre les douze villes qui en Asie
fondirët en abysme par vn tremblement de terre du temps de Tyberius
Cæsar : ils allegueront deux monta-
gnes qui par vn mouuement s'entro-
choquerent, & quï causerent vn dö-
mage extreme en Italie: ils produiröt
vn infinité de maux que tel accident
à procreé : si est-ce qu'il y a quelque

A iij

chose de particulier à considerer en
se desastre, qui ne se trouuera en tous
ceux qui iadis sont aduenus. Qui sot
les Physiciens qui s'en soyent apper-
ceus ? Le tremblement aduenu aux
Lacedemoniés iadis, leur fut predit:
vn autre le deuina aduenir en quelque autre lieu, par le sentiment de
l'eau qu'il auoit tirée d'vn puis: d'auá-
tage les tremblemens ne se font ordi-
nairement qu'en temps serain, & nó
agité de vents, & lors mesmes que les
oyseaux n'ont quasi moyen de voler:
puis aussi ils n'aduiennent presques
que sur le printemps & l'automne:&
voyla pourquoy la France pour sa
froideur, & l'Egypte pour sa cha-
leur, en sont exemptes. Il n'y a eu au-
cun tel signe en cestuy-cy. Monsieur
le Duc ne l'auoit preueu : le peuple
ne s'y attendoit : l'estat de la ville ne
s'en interrompoit: l'hiuer aussi domi
nant

nant par tout, n'en donnoit aucune
souspeçon : & puis qui eust pensé à
chose tant inusitée? Ce pendant sur le
mesme soir ceste tempeste (comme
estant de craindre en tel téps & sur le
matin) recommençant plus forte que
deuant, sur les huict heures se refor-
ça si furieusemét qu'il n'y eust celuy
qui en vne telle esmotion ne iugeast
la ville à tous les coups deuoir abys-
mer. Ie laisse à penser en quelle misere & detresse estoit ce pauure peuple,
& en quel effray : bref en quel doute.
Car les vns mesmes n'attendans que
de se veoir horriblement engloutir
& enseuelir tous vifs auec leurs maisons, comme si le monde eust deu re-
tourner en son chaos ancié, & que le
ciel & la terre se fussent voulu assem-
bler : les autres estimans le iour du iu-
gement estre arriué : & le monde deuoir finir, se confessans, & examinans

leur conscience, crioyent mercy à
Dieu, luy suppliant auoir cõpassion
d'eulx: les autres aussi, viuans en quel
que espoir, & mieux experimentez,
imploroyét sa misericorde, & le pri-
oyent qui luy pleust les regarder en
pitié. Encores ne sont-ce cy que cho
ses souuent aduenues, & desquelles
peu serót esbahis, pour en auoir veu
de plus effroyables. Mais le Samedy
ensuyuant tel effray suruenant enco
res, & redoublant par merueilleuses
secousses, n'estoit-ce rien? Si on ne le
trouue estrange, si est-ce que le peuple quittant tout ce qu'il auoit inter-
mettant son occupation & auec vn
cry piteux, taschant les vns à s'enfuir,
les autres demeurans en la peine, &
ne plus apparoissans, en donnoyent
quelque preuue. Et mesme Monsieur
le Duc & Madame la Duchesse ne
s'asseurans plus en leur forteresse, &
hors

hors d'espoir de iamais y habiter, a-
bandonnans leur ville & maisons, se
retirerent à la campagne auec leur
train, & ce le plus vistemét qu'il leur
fut possible. Et qui ne s'esmerueil-
lera de ceste misere? qui ne la des-
plorera, qui n'en gemira? Voir vne
ville fort florissanté, & vne des belles
d'Italie, tant frequentée & celebrée
autrefois, sans dessus dessous perir
si furieusement, les maisons s'entre-
batre, les vnes fondre, les autres pan-
cher: le Seigneur mesmes s'efuir auec
le reste de son peuple, & ne trouuer
lieu de seureté : pauurccs nonnains,
aux mieux qui leur estoit possible,
les vnes euiter ceste furie, les autres
demeurer sous le faix: n'est-il pitoya-
ble? Or, comme les maux ordinaire-
ment s'entresuyuent & ne viennent
iamais l'vn sans l'autre, le Pau, fleuue
fort renommé, & vn des beaux de

B

l'Europe, estant pour lors fort enflé
des pluyes & neiges, & les rampars
& leuées bastis pour empescher sa
violence, par ce merueilleux tremblement estant esbranlez & venans à
s'entrouurir en plusieurs endroicts,
& à faire place à l'impetuosité de
l'eau qui auoit esté comme enclose
& enferrée, se desborda auec telle violence & impetuosité qu'il mit par terre tout ce qu'il rencontra, n'espar-
gnant ny petit ny grand edifice: iusques mesmes à ruiner quelques Eglises collegiales, parœciales & monasteres, & mesmes plusieurs beaux &
magnifiques Palais, bref les murailles & fortifications du Chasteau. He-
las! n'estoit-ce assez d'auoir euité la
premiere furie, sans estre encore suiet à la misericorde de l'eau: apres a-
uoir veu forcé maisons s'entrehéur-
ter & perir, contempler le reste perir
par

par autre mal, ou pour le moins eſtre
en grand danger. Le pis encore fut
quand il falluſt decamper, pour faire place à ce ſecond deſaſtre & chercher lieu de refuge. Qui ouïſt iamais
pareil accident? pauures gés eſchap-
pez penſans eſtre en ſauueté, ſe voir
en extreme danger! car cela meſme
fut ſi ſubit, qu'il en demeura beaucoup ſurpris par l'eau. Ils auoyent
eſleu leur domicile en ceſte campagne, ils ſ'y eſtoyent habituez, ils y a-
uoyent baſty loges: ſi furent ils contrains, cōme ſi quelque Dieu euſt por
té enuie à ceſte leur bien petite feli-
cité, & comme ſil n'euſt voulu per-
mettre qu'ils ſe ioïſſiſſent quelque
lieu d'arreſt, ains euſt deſiré qu'ils er-
raſſent, d'euiter ceſte nouuelle furie,
& chercher quelqu'autre lieu pour
leur habitation. L'ateiſte cerchāt icy
quelque ſubterfuge & eſchapatoire,

B ij

s'esleueroit sur ses ergots, & voudroit
fonder ses resueries sur cest accident,
comme estant impossible, si la deité
se mesloit des affaires humaines, que
tel mal peust aduenir. mais qu'il y
aduise. Cependant ce mesme tréble-
ment fut senty à Mantoue (ville assez
celebre par le nom du braue poëte
Virgile) le mesme Vendredy que dessus; mais non d'vne telle furie & impetuosité, & sans causer pareil mal-
heur. Il fut aussi pour la troisiéme
fois le xxvij dudit mois ouy encor à
Ferrare, auéc non moindre violence
que la precedente, & en telle frayeur
qu'on n'attendoit que l'heure d'ouir
le dernier son de la trompette. Ceux
qui n'ót veu ce desastre ne croirót la
moitié de la pitié & misere escheue à
ceste pauure ville. Si est-ce que ceux
qui liront tant d'hómmes morts, tant
de beaux & grans Palais par terre, tát
d'edifi-

d'edifices de murailles & rempars, les vns panchans, autres réuerfez, & fans plus apparoiftre, le trouueront fort efpouuctable. Or foyons fourds tant que nous voudrons, ne nous efmouuons ny chaftions pour chofe qui puiffe aduenir, foyons aueugles volontaires à ce qui nous touche de fi pres, affeurons nous de voir & ouyr de iour en iour de chofes tant horribles, & qui en fin nous tiendront de fi pres, que vueillons ou non, nous ferons contrains de nous amender & venir à repentance. Les Philofophes & Aftrologues, tant d'Armenie, de Grece, d'Hefpagne, que de France nous ont predit, à caufe de la côcurrence de toutes les Planetes, vn temps fort turbulent & dangereux par véts & tempeftes, qui cauferoit vn defbordement d'eaux fi grand, que la mer mefme outre l'accouftumée fur-

passeroit ses bornes, & plusieurs ri-
uieres feroyent grãds & merueilleux
degasts:ils ont annoncé de terribles
tremblemens de terre : ne les auons
nous pas veu? Ce qui c'est fait icy en
porte suffisant tesmoignage. Le dom
mage que le Rosne à fait au païs par
ou il passe (comme nous auons enté-
du) en fait preuue. Bref l'horrible &
espouuentable degast & rauage que
la mer a causé en Flandres par son
inondatiõ: les villes abysmées & sub
mergées en Holande depuis n'ague-
res, outre ce que ce pays y est aucu-
nement suiet, exciteront peut estre
les aueugles d'esprit, & sourds d'entendement, à se resueiller, pour oster
les ordures qui leur empeschent la
veuë, & les humeurs qui leur causent
ceste surdité. Serons nous endurcis à
tels iugemenr?faisons en nostre prof
fit, ou qu'il ne nous aduienne beaucoup

coup pis. Ce pendant ie te prieray,
amy Lecteur, de prendre en bonne
part ce petit Discours, & m'excuser si
ie ne me suis arresté à vne infinité de
particularitez, que tu deuineras beau
coup mieux que ie ne sçaurois spe-
cifier,

F I N.

COPIE D'VNE LETTRE

du xxiiij iour de Nouembre, mil
cinq cens soixante & dix, donnát
certain aduertissement de l'horrible & espouuentable tremblemét
de terre, qui est aduenu en la ville
de Ferrare, & les noms de plusieurs lieux de renom & rues veüez
en ruyne.

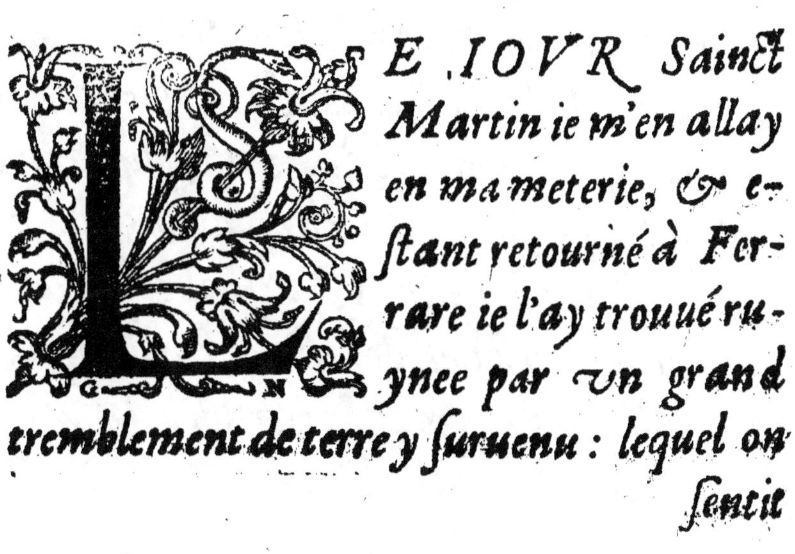

E .IOVR Sainct
Martin ie m'en allay
en ma meterie, & e-
stant retourné à Fer-
rare ie l'ay trouué ru-
ynee par vn grand
tremblement de terre y suruenu: lequel on
sentit

sentit assez gaillard le seizeiéme iour du
moys de Nouembre, sur les dix heures, & pu-
puis la nuict du iour suyuant, on ouyt di-
uers coups, qui sembloyent estre coups d'ar-
tilleries, & sur les huict heures de nuict on
sentit vn tremblement assez terrible, & sur
les dix heures vn autre tres-horrible, & de
puis suyuant & continuant tousiours : à
cause de-quoy, plusieurs qui ont eu peur vo-
yant la ruyne (chose vrayement espouuentable à raconter & pencer) ont delaissé
leurs maisons vuydes de gens & de biens,
& sont sortis pour dormir au serain, en la
campagne, car il n'y a maison qui n'ayt
beaucoup souffert, tellement que des qua-
tres parties, les trois sont demolies & ou-
uertes du haut en bas, & iusques à present
sont sortis hors de la ville, plus de trente
mille personnes en campagne, que d'vn
costé, que d'autre, à cause que-ce tremblement apportoit dommage & danger, non
seulement des maisons & biens, mais aussi

C

à plusieurs de la vie mesme: on ne dit pas
encore le nombre de ceux qui sont morts,
pour-ce que chacun est bien empesché de
prendre garde à soymesme, & laisse on les
lieux ruynez en tel estat qu'il se retrouuent
apres la ruyne, sans y rien bouger.

Plusieurs Eglises sont tombees par terre,
Sçauoir est lEglise des Anges, des Cha-
streux de sainct Benoist, sainct Iean, sainct
Andrieu, sainct Nicolas, nostre Dame, &
plusieurs autres que ie n'escrits pas.

Plusieurs Palais sont aussi ruynes, ceux
de la place neufue presque tous, les Beuila-
ques n'ont point de habitation qui ne soit
renuersee, ceux du Chasteau sont presque
pour bien tost tomber, & ceux de la rue
des Anges sont tous esbranlez, vne partie de la grande Eglise est tombee, la rue des
Sablons est presque toute ruynee, & la
grande Halle aussi, sainct Paul est ruyné
& les Moines s'en sont allés, les Nonnains
sont sorties de leurs monasteres, ou aucunes

ont

ont esté tuees, d'autres sont blessees, quelques
vnes se sont retirees chez leurs parens, les
autres aux champs, ou elles couchent dans
les Iardins.

Le chasteau estant tout esbranlé & en
partie ruyné, le Duc n'y demeure plus, car
luy auec son Altesse, le seigneur Corneille,
& plusieurs Seigneurs & Dames se sont
retirez au Iardin du costé de ma maison,
auec pauillons, tentes, maisonnettes d'ais,
& casettes, les autres seigneurs de la maison d'Este sont aussi dãs les Iardins de leurs
logis, ma maison est en partie tombee &
partie esbranlee, & sommes logez au mil-
ds du Iardin.

Les bouticques qu'estoyent souz le grãd
Palais sont ruynees, & les prisonniers s'en
sont fuys.

Il n'y a personne qui se puisse asseurer en
sa maison, estant le tremblement continuel
& saluant iournellement d'vne estrange
façon les habitans, abbatans les murail-
C ij

les & tours.

Monseigneur le Duc auec son Altesse
& presque tous les Seigneurs & dames, se
sont confessez & ordonnez.

La ville ne sera iamais remise en l'e-
stat auquel elle estoit au parauant, & qui-
conque en orra parler s'estonnera & pleu-
rera de si grande ruyne, on ne peut marcher
par les rues sans grand danger, estant ainsi
fort empeschees par les ruynes, on ne vend
plus rien, ny fait on affaire quelconque.

Les Iuifz & Marrans sont sortiz de la
ville & chacun s'en va iournellement,
& pense que bien peu demeureront, car il
n'y a maison qui ne menace ruyne, & n'en
fut onques veuë la semblable, qui contrai-
gnit tout le peuple a abandonner leurs maisons.

D'auantage par autres nouuelles du
vingt-huictieme de Nouembre, les tremblement de terre ne cessent point, tellement
que l'Eglise sainct Benoist est tombee, &
celle de

celle de sainct Dominique, & autres basti-
mens qui s'en estoyent sentus, mais ceux cy
ne font point de dommage, & à peine les
oyt on tomber: ayans lesdictz tremblemēs,
desgorgé toute leur furie par vne cauerne,
faicte aupres de la place, de laquelle est sor-
ty vne merueilleuse quantité de sable s'e-
stendant bien loing, de maniere qu'auec
deux picques ioinctes ensemble, on n'a sceu
trouuer le fond. On ne scait pas encore le
nombre de ceux qui sont mortz.

On a aussi esté auerty que la foudre a
donné sus la coupe de la grande Eglise de
la ville de Florence, & a faict dommage
de plus de trente mil escus.

Nous auons encore ouy dire que la foudre est tombee sus la grande tour d'Aquilee
où estoit la munition, de sorte qu'elle a miné
la Tour, & consommé la munition de la
ville qui estoit en icelle, auec quelque mor-
talité de gens qui se trouuerent dedans.

F I N

www.ingramcontent.com/pod-product-compliance
Lightning Source LLC
LaVergne TN
LVHW011012180726
843502LV00007B/2494